AF239383

Was nun Herr Hämpfel?

Ein Kater ist in die Jahre gekommen

Erzählt von Herrn Hämpfel selbst

Übersetzt von
Anna Dorb

© 2012 **Anna Dorb**, D-Bad Reichenhall
www.anna-dorb.de

Das Titelbild und drei weitere Illustrationen
auf den Seiten 9, 63 und 74
mit freundlicher Genehmigung
von Illustrator ©**Günter Bender**
www.bender-guenter.de/

Fotos und fotografische Ausschnitte
auf den Seiten 11, 15 (teilw.), 25 und 31 (teilw.)
mit freundlicher Genehmigung von ©**Birgit Busch**
www.aquarellwelt.de/

Umschlaggestaltung: **Mark Galsworthy** / Berlin
www.galsworthy.de/

Herstellung und Verlag:
BoD – Books on Demand, Norderstedt
ISBN 978-3-848-232-574

Zum Inhalt

Vorwort

Der Kater „Herr Hämpfel" ist inzwischen beinahe schon
so bekannt, wie der sprichwörtliche „Bunte Hund" einer
jeden Stadt.
Nur sollte er das lieber nicht erfahren, denn er wäre
zunächst einmal beleidigt, wegen des Vergleichs mit
einem Hund, woraufhin er kurzfristig in eine Art Arro-
ganz verfallen würde, und sobald er die Bedeutung ver-
stünde, wieder ganz der Alte wäre, weil er kurz darauf
schon wieder vergessen hätte, um was es eigentlich
ging.

Ja, er ist in die Jahre gekommen und mittlerweile *noch*
vergesslicher geworden. Da beißt auch die Maus, die er
zeitweise nicht mehr hören kann, keinen Faden ab.
Und trotz fürsorglicher und aufopferungsvoller Pflege
seiner „Herbergseltern", bekommt er die Alterser-
scheinungen zu spüren, die ein langes Katerleben nun
mal mit sich bringt.

Nichtsdestotrotz erzählt er auch in dieser Fortset-
zung mit viel Witz und Ironie, wie es ihm inzwischen
ergangen, was ihm widerfahren ist, was er erlebt, aber
natürlich auch, was ER wieder alles angestellt oder, wie
wir in Bayern sagen, *versemmelt* hat.

Doch eines ist gewiss:
Weder seine kleinen Frechheiten, noch sein
Appetit, haben nachgelassen.
Ob das jetzt gut ist?
Wer weiß das schon …

Fanpost

Neulich - ich saß gerade wieder einmal mitten in meinem hübschen Liegestuhl, da kam einer dieser knallgelben „Zweibeinhaber" daher und steckte etwas in den weißen Kasten vor meiner Haustür.

Wie immer nahm ich diesen Vorgang zur Kenntnis, ohne mich weiter darum zu kümmern. Allerdings nur, weil ich genau wusste, dass es sich niemals um ein Kräckerpaket für mich handeln konnte. Denn ein solches würde doch niemals durch den schmalen Schlitz passen.

Also habe ich es als absolut uninteressant abgestempelt und sogleich auch wieder vergessen.

Als ich aber später in das große Haus schlenderte, um mich zu stärken, kam mir meine „Pflegerin" schon entgegen. Seltsamerweise lächelte sie. Sie lächelte MICH über alle verfügbaren Ohren an, und das ist sehr ungewöhnlich. Ich stutzte und überlegte.

Was mochte sie im Schilde führen? Sonst ist sie mir gegenüber doch eher etwas zurückhaltend und nimmt mich kaum wahr. Oder sollte ich mir das etwa nur einbilden? Nein. Irgendetwas war anders. Nur was?

Nun, ich dachte mir, dass ich schon noch dahinterkäme und deshalb versuchte ich zunächst einmal zu meinem Napf zu kommen. Doch ehe ich mich versah, spürte ich, wie ich plötzlich den Boden unter mir verlor, weil SIE mich einfach in die Höhe hob.

Boah, was hab ich das dicke. Auch wenn ich bisweilen den kurzen Moment einen anderen Blickwinkel haben zu können, durchaus zu genießen weiß, wäre es mir doch viel lieber gewesen, sie hätte mich gleich wieder hinuntergelassen.

Doch stattdessen kam sie mit ihrem Kopf dem meinigen auch noch näher und säuselte mir ins Ohr, sodass mir direkt eine Gänsehaut über den gesamten Körper krabbelte.

Also DIE machte vielleicht ein Gedöns!

Nur für WAS?

Erst einmal wand ich mich aus ihrem Griff und glitt so elegant wie möglich, auf den Boden zurück. Kaum unten angekommen, hatte ich den Vorfall auch schon wieder vergessen und ich steuerte erneut auf meinen Napf zu. Allerdings konnte mich nicht einmal der verführerische Duft des Inhaltes von einem sehr verdächtigen Geräusch ablenken.

Erwartungsvoll drehte ich meinen Kopf in die Richtung, aus der das Rascheln kam und sah, dass SIE ein kleines,

weißes, flauschiges Etwas an einen dünnen Gummi befestigte. Neugierig, wie ich nun mal bin, ließ ich von meiner Schale ab und trottete diesem unbekannten Teil entgegen. Da ließ sie es fallen…

Huch! Eine weiße Maus!!! Nein so etwas. Hab doch ICH etwas zum Spielen geschickt bekommen und dann auch noch ein Briefchen dazu. Und zwei (!) Fotos. Ich war ganz von den Socken. Umso mehr, weil erst kurz zuvor zwei Karten hierher kamen, die ebenfalls an MICH adressiert waren.

Jahaha an mich ganz allein…. Nicht zu glauben, gell? Auf einer Karte war ein getigerter Kumpel in einer Blechwanne abgebildet, der genauso ausschaut wie ich. Und die andere zeigte einen ganzen Hämpfel-Harem von hinten und mit lauter rosa Herzchen über den Köpfen. Ich fand das sowas von ♡ ig.

Und die Maus? Also DIE ist ja wohl extrafein.

Ich kann sie herumschleudern und tratzen, beißen und kratzen so viel ich will, sie kommt immer wieder zu mir zurück. Dabei bleibt sie in meinen Krallen hängen und ich muss sie regelrecht abschütteln.

Ein echter Kracher!

Ich bin schon ganz gespannt, was mir der „Zweibeinhaber" mit dem gelben Umhang als nächstes mitbringt.

Hämpfelballett

Einmal ist es mir doch glatt gelungen, klammheimlich zu einem dieser fremden „Zweibeinhaber" ins Zimmer zu schleichen.
Kaum hatte der die Tür einen Spalt geöffnet, war ich auch schon drin. Ich flitzte so schnell hinein, dass der das gar nicht gemerkt hat. Draußen war es bitterkalt und damit er mich gar nicht erst entdecken und wieder an die Luft setzen könnte, versteckte ich mich auch gleich unter seinem roten Sofa. Nur war es hier drinnen nicht nur sehr warm, es wurde für mich sogar richtiggehend brenzlig, denn dieser „Zweibeinhaber" hatte das gleiche Verhältnis zwischen Körperbau und Gewicht vorzuweisen wie ich selbst.
Mit anderen Worten, er war ein richtiges Schwergewicht!
Ja und als er sich mit aller Macht auf die Couch fallen ließ, wurde es für mich dann ganz schön eng.
Die Sitzfläche unter ihm gab wegen der enormen Last nach und drückte nun so schwer auf meinen Körper, dass ich mich nicht mehr rühren konnte. Er hatte mich eingeklemmt und vollkommen bewegungsunfähig gemacht.
Ich war gezwungen still zu halten und musste dennoch froh sein, dass ich zumindest noch atmen konnte.

Doch wieder einmal hatte ich Glück, dass dieser unerträgliche Zustand nicht lange anhielt. Denn plötzlich klopfte es an der Tür und der schwere „Zweibeinhaber" über mir, musste sich wieder hochwuchten, um sie zu öffnen. Das war DIE Gelegenheit und ich packte sie natürlich sofort beim Schopf.

Bevor er wieder zurückkommen und mich abermals einklemmen konnte, änderte ich ganz schnell meine Position. Ich robbte einfach ein Stückchen weiter und hoffte inständig, dass er nicht die gleiche Idee haben würde wie ich.
Wie sich kurz darauf herausstellte, hatte er sie nicht!
Er setzte sich wieder auf den gleichen Platz wie zuvor und drückte auf ein kleines Kästchen, woraufhin der große Kasten an der Wand Lebenszeichen von sich gab.
Die Bilder darin bewegten sich und laute Musik ertönte.
Mit einem kräftigen: „Ufftata" und „Tätä, tätäää" und „Tätäräää…" machte es einen Mordskrach.

Meinem unfreiwilligen „Quartiergeber" schien das jedoch zu gefallen, denn er machte es sich mit Knabberzeugs *seufz* und einem Bierchen jetzt so richtig gemütlich.

Plötzlich lag er bei Tisch und weil sich dadurch sein Gewicht auf die gesamte Couch verteilte, war ich zwar nicht mehr so fest eingeklemmt wie zuvor, konnte mich aber trotzdem nicht von der Stelle bewegen.
Ein Hinausschleichen war mir nicht mehr möglich und so wurde ich gezwungen, mir zusammen mit ihm, die beweglichen Bilder im schwarzen Kasten anzusehen.

Da wurde gesungen, getanzt, gelacht, geschunkelt und vor allem ganz viel Blödsinn gemacht. Viele „Zweibeinhaber" hüpften in bunten Gewändern umher und manche hatten sogar beinahe gar nichts an. Einige trugen lustige Hüte und Kappen und bunte Tücher waren um ihre Köpfe gewickelt. Zu sehen waren Westen und Mäntel, große Stiefel und Sandalen, dicke Pelze oder viel nackte Haut. Offensichtlich war hier alles erlaubt. Manche schwangen gar eine Peitsche oder hatten einen langen Stock bei sich, der laut paffte und krachte.
Selbst die Haare waren ungewöhnlich auffallend gestaltet. Von schwarzen, krausen Locken über pinkfarbene Bubiköpfe, bis hin zu lila und grünen Haartürmen. Alle Farben, mit denen sich die „Zweibeinhaber" normalerweise nicht mal bei Nacht zur Tür hinaustrauen würden, kamen in diesem schwarzen Kasten zum Vorschein. So manche Gestalten konnte man überhaupt nicht erkennen, denn sie trugen Überzüge, die ganz eigenartige

Fratzen darstellten, und bei einigen meinte ich sogar, den einen oder anderen meiner Rasse wiederzuerkennen. Erstaunlich, dass die aufrecht und auf zwei Beinen (!) gehen konnten, obwohl sie stets eine Flasche in ihren Vorderpfoten hielten.

Eine Figur hatte es mir besonders angetan. Es war ein Mädchen mit langen, orangenen Zöpfen, die in großem Bogen von ihrem sommersprossigen Gesicht abstanden. Dazu trug sie ein kurzes, labbriges Hängekleidchen und ganz riesige ausgetretene Schuhe, die so überhaupt nicht zu ihrer zierlichen Figur passten.

Ebenso die Strümpfe. Die waren rot/weiß geringelt, reichten bis über ihre Knie und wurden von Klammern gehalten. Allerdings nur notdürftig, denn die Klammern hingen nur so „lala" herunter und zumpelten in der Luft, während die Socken zum Teil heruntergerutscht waren. Nein, so etwas hatte ich noch nie gesehen.

Wie kann man sich nur so verunstalten?

Der schwergewichtige „Zweibeinhaber" über mir wackelte vor Freude und die Couch wackelte mit ihm, im Takt der Musik.

Irgendwann habe ich mich mit meiner misslichen Lage abgefunden und ergab mich meinem Schicksal unter diesem Koloss, der seinerseits offensichtlich auch mü-

de geworden war, denn das Rascheln seiner Chipstüte hatte aufgehört und ein erneuter Korkenplopp von irgendeiner Bierflasche war auch nicht mehr zu vernehmen. Sein gleichmäßiges Atmen wirkte sehr einschläfernd auf mich und mit dem, dass ich mich dem Auf und Ab der Couch anpasste, schlief ich ein.
Chrchrchr …

Plötzlich schrie jemand mit lauter Stimme:

„Do drusse vor der Tür,
do steht das Hämpfeltier.
Er sagt, er bitt´ um Einlass,
ich frag Euch: sölle man rei´ lass´?"

Eine Blaskapelle spielte zuerst einen Tusch, dann einen Marsch und ICH stapfte im Takt durch die jubelnde und kreischende Menge.

Doch was war das für ein Graus? Was hatte ich da an? Rot/weiß gestreifte Ringelsocken!
Grad so, wie diese lustige Person, die ich zuvor in dem schwarzen Kasten gesehen hatte.
Ich trug die dieselbe Maschkera wie sie!

Nein so etwas! Ich sagte zu mir selbst:
„Hämpfel, sei tapfer. Du kommst hier schon wieder
raus. Jetzt nur nichts anmerken lassen!"
So marschierte ich also weiter, bis ich hinter einem
halben Fass zum Stehen kam, von wo aus ich meine
Vorderpfoten erhob und so die tobende Menge zur Ruhe bewegte.
Endlich ebbte der Radau in dieser riesigen Halle ab und
ich begann in das komische, eiförmige Teil zu sprechen,
das meine Worte ganz laut machte und ich somit auch
im letzten Winkel des riesigen Saales zu hören war.
Und so begann ich mit meiner Rede:

„Es ist für ´ne Katze ein Gedicht,
stellt man vor sie hin, ein gut`Gericht!
Ob Lamm, ob Huhn, ob Fisch, ganz wurscht,
fehlt dann nur noch was gegen Durscht!“

Die Blaskapelle spielte den Tusch:
„♪ ♫ ♪ Tatä, tatä, ♪ ♫ ♪ ♫tatä...♫ ♪ ♫“
Und die Menge tobte und lachte.

„Was wir noch mögen, das wäre fein,
ein Schälchen Milch - muss nicht sein klein.
Oder noch besser - und das bedarf keiner Worte –
das wär´ ein Stück von der SAHNETORTE!“

Und wieder der Tusch:
„♪ ♫ ♪ Tatä, tatä, ♪ ♫ ♪ ♫tatä ...♫♪ ♫“

„Nach einer solchen Speisenfolge,
schweben wir auf siebter Wolke,
nur meiner Freundin ist es nicht einerlei,
denn anstatt ihr, hab ich fünf andre dabei!“

„♪ ♫ ♪ Tatä, tatä, ♪ ♫ ♪ ♫tatä ...♫♪ ♫“
Und dann rief einer ganz laut:
„ Narrhalla-Marsch!!!“

und die Kapelle spielte:

„♪ ♫ ♪ Ufftata, ufftata, ♪ ♫ ♪
rufftata-di-rufftata ...♪ ♫ ♪"

Die Massen jubelten, sie schmissen mit Konfetti und
Luftschlangen und tröteten mir mit ihren Tröten in die
Ohren.
Die Mädels in den kurzen Röckchen begleiteten meinen
Auswärtsmarsch tanzend und hopsend, und ich stol-
zierte erhobenen Hauptes, mit meinen verrutschten
Ringelsöckchen, durch die schmale Narrengasse.
Da auf einmal, unvorhersehbar und unvermittelt, stellte
mir jemand ein Bein. Ich stolperte und strauchelte,
konnte mich nicht mehr halten und fiel prompt auf mein
Kinn.
Die „Zweibeinhaber" um mich herum erschraken und
schrien Mordio und Zeter! Sie liefen alle durcheinander
und trampelten auf mir herum, so dass ich gar nicht
mehr aufstehen konnte. Gerade als sie über meinen
Kopf liefen, erwachte ich aus meinem Traum ...
Puh!!!
Der dicke „Schläfer" über mir war aufgewacht und rä-
kelte sich auf seinem Sofa. Doch als er versuchte aufzustehen, schaffte er es nicht mit dem ersten Anlauf
und ließ sich prompt und mit Schwung wieder zurück
auf seinen Platz fallen. Diese Aktion hatte mich beina-

he meine Zahnleisten gekostet! Einzig mein Positions-
wechsel von zuvor hatte mich davor bewahrt.

Doch nun hielt mich nichts mehr und es war mir völlig
gleichgültig, ob er mich schimpfen würde oder nicht.
Ich kroch unter dem Sofa hervor und völlig überrascht
von meinem Auftauchen, öffnete der Dicke schnell die
Tür und ich konnte in die Freiheit flitzen.
Einmal mehr bin ich aus einer Zwangslage herausge-
kommen, in die ich niemals wieder gezwungen werden
möchte.

Obwohl – die Mädels von der *Rumhüpfgarde* haben mir
schon ganz gut gefallen …

Schleichwege und geheime Plätze

Inzwischen habe ich auch einen Weg, oder besser ge-
sagt, eine Möglichkeit gefunden, mich auch nachts ins
große Haus schleichen zu können, ohne dass ich wieder
nach draußen befördert würde. Vor allem in der kalten
Jahreszeit ist das ein Trick, auf den ich nur ungern
verzichte. Und das geht so: Ganz gleich wie das Wetter
auch ist – mein offizieller Platz ist draußen vor der großen Haustür.

Naja, gut, ich hab´ ja mein kleines, voll isoliertes Häuschen, in das ich mich zurückziehen könnte und das mache ich in der Regel ja auch.

Nicht zuletzt deshalb, weil ich mich darin verstecken kann und die vielen „Zweibeinhaber", die hier vorbei kommen, sehen mich einfach nicht. Nur die ganz Ausgebufften, die mich und meine Gewohnheiten schon etwas näher kennen, schauen durch die Dachluke, ob ich zuhause bin. Allerdings ist die sehr oft beschlagen, und zwar genau dann, wenn ich mich gerade darin aufhalte und dann können auch die nichts sehen. Um mich doch noch ausfindig zu machen, müssen sie sich schon etwas mehr Mühe geben, als nur durch ein Fensterchen zu spähen. Sie müssen sich erst hinknien, zusätzlich ihren Kopf auf den Boden legen, und wenn sie Glück haben und das Licht im Eingangsbereich ist auch noch an, dann können sie mir beim Schlafen zusehen. Aber wer riskiert deswegen schon seine Knie und ruiniert freiwillig seine Frisur?

Also nichts gegen mein Häusle, aber wenn ich´s doch NOCH besser haben kann, wieso sollte ich günstige Gelegenheiten nicht wahrnehmen? Nur weil es von meinen Betreuern nicht gerne gesehen wird?

Pah! Da lache ich doch... Ha, ha!

Wenn ich das große Haus betreten möchte, warte ich einfach so lange unter dem Stuhl, der da immer so rumsteht, bis einer von den „Heimkehrern" kommt und mir unwissentlich Zugang zu diesen *heiligen Hallen* gewährt. Ich flitze dann so schnell durch den ersten schmalen Spalt, dass es der „Türöffner" oftmals gar nicht mitbekommt. Und wenn doch, dann war bisher noch keiner dabei, der sich die Mühe gemacht hätte, mich einzufangen und wieder vor die Tür setzen würde.

Außerdem verstecke ich mich sowieso zuallererst unter dem kleinen Tischchen in der Ecke und warte gut getarnt, bis im ganzen Haus Ruhe herrscht. Sobald alle in ihren vier Wänden sind und die Luft rein ist, kann ich mir mein Übernachtungsplätzchen aussuchen.

Eine Treppe höher neben der Wand, da wäre es schön gemütlich, weil dort ein Heizungsrohr durch die Mauer läuft.
Oder zwei Treppen hoch vor einem Türschlitz ist es auch recht nett. Dort haucht mich ein warmes Lüftchen an.
Ich kann mich natürlich auch einfach auf eine der vielen Stufen setzen. Mollig warm und weich sind sie ja.
Allerdings besteht hier die Gefahr, dass mir einer von den „Zweibeinhabern" auf meinen Pelz rücken könnte, wenn er schwer beladen die Treppe heruntergeht und mich nicht sieht.

Also vielleicht doch nicht ganz so ideal.

Dann sollte ich doch lieber unten, in der Nähe von der Haustür bleiben. Manchmal steht nämlich die Tür von der kleinen Abstellkammer offen, und weil dort die Heizungsrohre direkt an der Wand entlanglaufen, ist es auch hier richtig kuschelig. Ja, ich weiß schon – dann fallen mir die Haare wieder mehr aus, weil ich mich so viel in zu hitziger Umgebung aufhalte.
Aber wozu sollte ich denn noch so viele Haare brauchen, wenn ich eh´ im Warmen sitze?
Ne? Na also ...
Wenn ich wollte, dann könnte ich bereits mit dem ersten Frühaufsteher auch schon wieder hinausgehen.
Oder mit dem Nächsten oder dem Übernächsten.

Je nachdem wie lustig ich gerade bin.
Meistens warte ich aber einfach ab, bis meine „Zweibeinhaberin" daher kommt und dann gibt es erst mal

♫ ♪ *Frühstück* ♫♪

Wenn ich dann hier in meinem Kräckerraum bin, ist
mein Tag eigentlich schon gerettet. Ich kann mich satt
essen, bekomme meine Ganzkörpermassage mit der
Bürste, Streicheleinheiten sowieso und kann in aller
Ruhe aussuchen, wo ich mich hin verkrümeln möchte.
Wenn SIE an ihrem Holztisch arbeitet, dann steht da
ab und zu auch mal ein Türchen offen. Nun ist da aber
so viel Zeug drin, dass sie dachte, ich würde bestimmt
keinen Platz mehr finden. Ha! Die kennt mich schlecht!
Ich bin nur kurz auf die Hinterbeine, linste mal eben
kurz hinein und – zack – schon hangelte ich mich in das
mittlere Schubfach. Wieso sollte ich da nicht reinpas-
sen? He? Darüber müsste ich erst noch nachdenken.

Aber auch auf diesen Platz bin ich nicht angewiesen.
Es gibt noch weitere – selbst in diesem Raum.
Eine Stelle finde ich ja wirklich herrlich kuschelig. So
beschützt zwischen diversen Gegenständen, weich ge-
bettet auf irgendwelchen Arbeitsklamotten meiner
„Pfleger" und angenehm abgedunkelt. Einziger Nachteil:

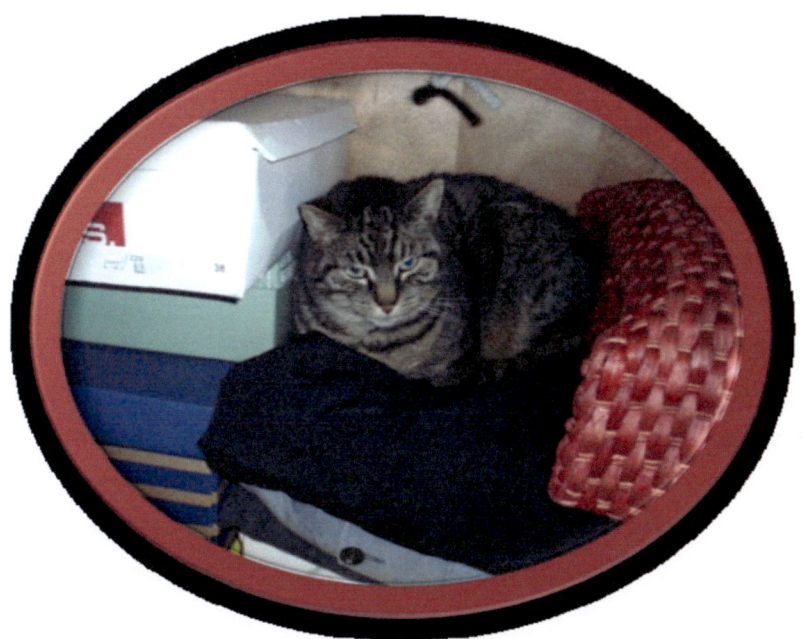

Wenn die Schranktür (!) zugemacht wird, dann kann es
sein, dass ich stundenlang ausharren muss.
Ist auch schon mal vorgekommen, dass sie mich nicht
gesehen hatten.
Mh! Vielleicht auch nicht ganz so optimal ...

Wenn SIE nicht gerade irgendwelche Wäsche plättet
oder mit Geschirr klappert, dann sitzt sie an ihrem Ar-
beitstisch und ihre Finger fliegen über ein Gerät, das
ganz leise Klackergeräusche von sich gibt.
Ich versuche dann sie ein wenig davon abzuhalten, indem ich mich neben ihren Stuhl auf den Boden setze

und mich von ihr kraulen lasse. Meistens gelingt mir das auch und ich schnurre dankbar dahin. Allerdings hält sie nicht lange durch und fängt wieder an, rumzuklackern. Aber ich lasse mir ein solches Aufmerksamkeitsdefizit nicht gefallen. Ich stupse sie so lange mit meinem Kopf an, bis sie sich mir endlich zu hundert Prozent widmet.

Wenn ich es dann endlich geschafft habe, sie von einer Überarbeitung abzuhalten, springe ich von ihrem Schoß, stärke mich kurz an meinen Näpfen und lege mich auf den Hocker vor das Heizgerät. Hier darf ich ganz offiziell liegen und mich ausruhen. Sie klackert dann wieder weiter und ich werde müde und müder und schlafe schließlich ein.

Ab und zu klingelt auch ein anderes Gerät an ihrem Arbeitsplatz und wenn sie es in die Hände nimmt, dann spricht sie ein paar Worte in dieses Kästchen hinein. Lange Zeit hat es mich beim Schlafen ein bisschen gestört, wenn sie das machte, doch inzwischen habe ich mich an den Klang ihrer Stimme gewöhnt und es macht mir gar nichts mehr aus. Ich schlafe einfach weiter – komme, was da wolle.

Nur musste sie schon mehrfach dem kleinen Kästchen erklären, dass es der Herr Hämpfel wäre, der im Hintergrund schnarcht und nicht ihr Mann …

Fesselspiele

Eines Tages stand da mitten im Weg, den doch eigentlich ich beanspruche, einfach so, brettlbreit und mir alles versperrend (!) ein ziemlich großer Pappkarton.
Das konnte ich mir natürlich nicht bieten lassen!
Also kam ich näher und besah mir die Sache etwas genauer. Die Einschläge waren nach außen gefaltet, sodass sich dieser „Platzhirsch" in seiner Größe nahezu verdoppelt hatte und gar verschwenderisch herumlungerte.
Papierstreifen hingen heraus und überall lagen kleine Plastikteilchen und Folien verstreut. So eine Schlamperei! Dabei stand doch meine „Zweibeinhaberin" ganz in der Nähe. Sie werkelte an irgendetwas herum, das ziemlich neu und offensichtlich sehr interessant sein musste, denn sie war völlig vertieft in ihrem Handeln. Ich für meinen Teil beschäftigte mich weiterhin mit dieser riesigen, wunderschönen Schachtel. Ich schnupperte und strich mit meinen Schnurrhaaren daran entlang, guckte hier, als auch dort hinein, lugte unter die Seitenlaschen und gerade als ich für mich beschlossen hatte, mir das Ganze von innen zu besehen, stoppte mich etwas.
Ich kam kaum noch von der Stelle. Es war, als hielte mich etwas am Bein fest. Ich drehte mich um und sah,

dass ein länglicher, hellbrauner Streifen an meinem Hinterlauf pappte.

Kurzfristig schoss mir bitterlichst die Geschichte von einst in den Sinn, als ich im Wald in eine Falle getreten war und ich mich mühseligst und unter äußerst schmerzhaften Bedingungen selbst befreien musste. Damals ging das gerade noch mal gut. Doch jetzt brauchte ich mich nicht zu fürchten, denn ich befand mich ja in der Obhut und vermeintlicher Aufsicht meiner „Packerin".

Also versuchte ich zunächst mich selbst von dieser „Klette" zu lösen. In aller Ruhe und Gelassenheit.

Nur ging das nicht so einfach, wie ich dachte. Ganz egal mit welcher Pfote ich dieses anhängliche Klebeband auch von mir ziehen wollte, es pickte und pappte nur noch mehr.

Zunächst an der Hinterpfote rechts, dann vorne links, vorne rechts nur ein bisschen, weil es in sich schon ganz verdreht war und kurz bevor ich mir mit hinten links den Schlusspunkt setzte, hat es mich hin gerollt und das Band umschlang nun auch noch meinen Rücken und schnurpselte sich um meinen Kopf.

Dabei knickte es mein rechtes (oder war es das linke?) Ohr um und zog mir sämtliche Kopfhaare in die entgegengesetzte Richtung.

Also so etwas ist mir noch nicht untergekommen.
Nicht einmal die von den „Ungezogenen" ausgespuckten
Kaugummis auf der Straße, um die ich mittlerweile ei-
nen großen Bogen mache, waren so klebrig, wie dieses
Kartonzusammenhalteklebestreifendings.

Wie ein Rollmops mit Glubschaugen musste ich ausgesehen haben und konnte mich von daher nur noch auf
eine Seite drehen. Der Karton und ich waren auf frag-
würdige Art und Weise miteinander verbunden und bei
fast jeder Bewegung, die ich noch machen konnte, klap-
perten und schliffen wir am Holzboden entlang, dass es
grad so schepperte.
Wohin ich auch wollte, der Karton folgte mir.

Dann endlich reagierte meine „Betreuerin". Sie war wohl von meinem *Herumgeruckse* auf mich und mein „Anhängsel" aufmerksam geworden und schaute nach dem Rechten. Sie blieb vor uns stehen, sah uns an, schlug sich die Hände vors Gesicht und kicherte und gluckste, dass ich glaubte, sie hätte den Verstand verloren.

Vor Vergnügen immer noch zitternd und bebend, kniete sie sich zu mir herunter und versuchte ebenfalls, ganz vorsichtig, mich von diesem fesselnden Spiel zu befreien. Es ziepte und zwackte zwar ziemlich viel und ich musste auch einige Haare lassen, aber das war mir egal. Hauptsache raus aus diesem Knotengewirr.

Und das Eine sage ich Euch: Wenn DIE noch ein einziges Mal so einen blöden Pappkarton mitten in den Weg stellt, dann schnapp ich mir das Klebeband und wickele es ihr um die Füße.
Das wollen wir doch mal sehen, wie ihr das gefällt, wenn SIE dann wieder loslaufen möchte.
So!

Taube Nuss

Einmal, es ist schon ein wenig länger her, hatte ich einige körperliche Einschränkungen zu verkraften.
Naja, eigentlich habe ich ja immer irgendetwas in diese Richtung, doch manchmal ist es schlimmer und manchmal eben nicht. Folgendes Problem gehörte wohl eher zu Ersteren, denn es verschwand leider nicht einfach so durch Abwarten und Milchschlürfen.
Nein, es musste behandelt werden.
Es ist ja nicht so, dass ich wehleidig wäre.
Oh nein! Ich sehe vielleicht aus wie ein Knuddelbär, der immer nur schnurrt und brummt, doch leider habe auch ich, ab und zu nicht nur kleine Tierchen auf mir herumzutragen, sondern auch kleine Pläsierchen zu ertragen.
Einzig mit dem Schnurren hört sich's halt auf, zumindest so lange, bis das Dilemma vorüber ist.
Und wenn etwas nicht direkt akut und Sinn-raubend schmerzt, dann wird nicht gejammert. Basta!
Hier spreche ich von der Sache mit dem Ohr.
Ja, wieder einmal, aber was soll ich machen? So viele Körperteile, die an mir abstehen und damit ein Risiko bergen, dass sie verletzt würden, habe ich ja auch wieder nicht!
Dieses unangenehme Kapitel fing damit an, dass es mich ganz doll juckte. Leider konnte ich nichts dagegen tun,

denn der Juckreiz saß in meinem Ohr und ich kam mit keiner meiner vier Pfoten hinein.

Also versuchte ich, es durch ständiges Kopfschütteln loszuwerden. Doch das Einzige, was ich loswurde, war meine damalige Freundin. Ich ging ihr mit meinem *Tick* wohl ein wenig auf die Lunte. Aber direkt traurig war ich darüber nun auch wieder nicht, denn zum einen war sie gar nicht mehr besonders nett zu mir und zum anderen hatte sie mir auch noch ständig meine Kräcker streitig gemacht. Die war gut weiter, dieses Luder!

Blöd war nur, dass ich immer schlechter hören konnte. Um mich herum klang alles ganz dumpf. Gerade so, als stecke mein Kopf unter einem Kissen oder unter Wasser. Das war zwar einerseits ganz angenehm, weil ich viele Geräusche, die mich sowieso nur nerven, nicht mehr so schnell wahrnahm. Anderseits jedoch konnte ich Warnhinweise wie Schritte, nahende Gefahren wie Hundegebell oder die Motorgeräusche von den „Blechkisten auf vier Rädern", nur noch in letzter Sekunde hören.

Oft genug bekam ich dann einen Irrsinnsschreck und rannte in Panik auf und davon. Nicht selten überschlug ich mich und trug erhebliche Blessuren davon.

Nun war mir aber auch ohne Panikattacken schon recht schwindelig, weil ich mein Gleichgewicht irgendwie nicht mehr halten konnte und deshalb stolperte ich mehr durch die Gegend, als dass ich lief.

Ich meine, so schnurstracks wie früher, also vor meinem „Schlaganfall", kann ich ja sowieso nicht mehr gehen. Aber DAS da, das war schon wieder heftig.

Eine Torkelei, sag ich Euch und ständig blieb ich irgendwo hängen und bumste gegen eine Tür oder eine Wand.

Meinen „Pflegern" fiel das natürlich auch auf und je mehr Zeit ins Land ging und die Schüttelanfälle immer häufiger wurden, machten sie sich zunehmend Sorgen um mich. Irgendwie ahnte ich es auch schon ... Es stand ein erneuter Besuch bei dem „weißen Mann" ins Haus! Hach, wie ich das dick habe, wieder in diesen blöden Korb gesteckt zu werden und diese unangenehme Fahrt ertragen zu müssen mit dem „Wesen aus Blech", das nur knattert und stinkt.

Aber was ist das schon, gegen die Behandlungsmethode, die im Anschluss kommen sollte.

Mein „Betreuer" musste mich gut festhalten, damit ich nicht davonlaufen konnte, als der „Weißkittel" daher kam und mir so komische, eiskalte Geräte ins Ohr steckte. Als hätte ich nicht selbst schon genug Malheur mit denen gehabt, ärgerten DIE mich jetzt auch noch.

„Nein, es ist kein Fremdkörper zu erkennen, aber eine ziemlich heftige Entzündung."

meinte der „Weißkittel.
„Ich gebe Ihnen jetzt mal ein paar Tropfen mit und die träufeln Sie ihm jeden Abend 20 Stück ins Ohr."

Hatte ich richtig gehört? Oder spielten mir die wehen Ohren wieder einen Streich? Die wollten mich jeden Abend einer solchen Prozedur unterziehen?
Ich schüttelte wieder meinen Kopf, und als die Beiden sich deshalb von mir abwandten, kam es mir so vor, als würden sie ihre Gesichter angewidert verziehen.

Innerlich schrie ich um Hilfe. Doch wer sollte mir schon helfen? Das war ja wieder zum Fürchten.
Aber als ich auf der Nachhausefahrt so darüber nachdachte, wurde ich direkt vernünftig, denn wenn es so bliebe, wie es war, wäre es gar nicht gut. Mein Gehör wurde immer schlechter und dadurch kam bei mir kaum noch echte Freude auf. Um diesen Zustand zu verbessern, musste ich da eben durch. Wieder einmal!

Ganze zwei Wochen ging das dann auch so. Jeden Abend hoben sie mich auf den Tisch, ER hielt mich fest und SIE tröpfelte mir die Ohren voll. Himmel, was war das aber auch immer kalt. Brrr …

Ganz automatisch musste ich natürlich wieder den Kopf schütteln und dabei flogen die Tropfen zum Großteil wieder heraus.

Meine „Behandelnden" haben sich mit einem Stück Papier von einer Rolle geholfen, das sie über mich hielten, damit ich ihnen nicht in die Gesichter oder gar in die Augen spritzen konnte.

Schnell durfte ich wieder auf den Boden und floh erst einmal in den Flur hinaus, aber als ich das Kichern aus der Küche hörte, dachte ich mir, also irgendetwas hab ich doch jetzt vergessen. Was war das noch? Ach ja, die Milch. MEINE Milch. Natürlich!!! Ab Marsch zurück und gesund werden. Die Milch macht das schon. Und die Medizin. Wenn nur nicht diese lästige Prozedur gewesen wäre und dieses ständige, unvermeidliche „Gesemper" von den beiden.

Wirklich, es war kaum zu ertragen.

Obwohl, eigentlich konnte ich ja auch dieses Herumgeächze und Gestöhne bereits nach der zweiten Behandlung gar nicht mehr hören, denn anstatt dass sich mein Zustand verbesserte, wurde ich zunächst einmal NOCH tauber. Im Prinzip konnte ich nun gar nichts mehr hören. Selbst ein Gewitter vernahm ich nur noch anhand der Blitze und des Regens. Aber Donner?

Fehlanzeige!

Natürlich war somit auch meine ursprünglich, relativ elegante Gangart dahin (wenn man meinen *Hämpfelgang* jemals so bezeichnen wollte), denn mit dem Verlust meines Gehörsinns verlor ich gleichzeitig auch die Balance und das Gehen wurde für mich direkt abenteuerlich. Bei jedem Schritt fragte ich mich, kann ich mich noch aufrecht halten, oder kippe ich gleich um? Und wenn ich umkippen sollte, in welche Richtung würde ich dann fallen?

Um dies und anderes Unbill von mir weitestgehend fernzuhalten, verzichtete ich nun auf Bewegung jeglicher Art meinerseits und hielt mich diesbezüglich eben noch mehr zurück als zuvor schon.

Während ich mich also ganz vornehm auf meinen Pelz (zurück)legte, schritt meine Genesung schnell voran. Ja, sie galoppierte regelrecht davon und schon bald brauchte ich diese dämlichen, kalten Tropfen gar nicht mehr.

Meine Hörfähigkeit kam Stück für Stück auch wieder zurück und eines Tages, man möchte es kaum glauben, konnte ich sogar wieder besser hören, als je zuvor.

Wieso haben Kühe keinen Kuh-Port?

Ganz deutlich konnte ich zum Beispiel vernehmen, wie der Schnee wegtaute. Tröpfchen für Tröpfchen, tritschelte es von Bäumen und Sträuchern, von den Dächern und Markisen. Und für mich gab es plötzlich nichts Schöneres, als in der warmen Sonne herumzuflacken. Herrlich war das und ich genoss es richtig, wenn mein Körper so richtig aufgeheizt wurde.
Manchmal kam es mir dann direkt etwas zu heiß vor und ich zog mich in den Schatten zurück. Dort war es mir aber wieder zu ungemütlich und so machte ich mich auf und erkundete die Gegend. Auf den Feldern erhoben sich wieder kleine, braune Hügelchen, die immer von diesen blinden „Webpelztierchen" hochgeworfen werden. Zu gerne würde ich ja mal eines von ihnen erwischen. Ich lege mich zwar von Zeit zu Zeit auf die Lauer, doch immer genau dann, wenn gerade einer von ihnen einen neuen Haufen bastelt, kommt ein „Zweibeinhaber" mit seinem bellenden Monster des Weges, sodass sich der „Haufenwerfer" schnell wieder verzieht und ich zum Gejagten werde.

Irgendwie finde ich das wirklich ungerecht. Meinereiner muss ewig lange ausharren bis er etwas erwischen könnte, worauf er lange wartet und diese kläffenden „Vierbeinhaber", die mich immer jagen wollen, kommen so mirnix dirnix daher und denken sie hätten das große Los gezogen. Aber nicht mit mir! Ha, das wäre ja gelacht! So leicht bekommt mich keiner zu fassen, denn wenn es drauf ankommt, dann kann ich, trotz meines hohen Alters, noch ganz schön schnell sein.

Wie ein Blitz sause ich ihm davon und meistens kann ich ihn bereits nach der ersten Kurve schon abhängen. Genauso war es auch damals.

Nach meiner kurzen Flucht trottete ich ganz gemütlich weiter meines Weges und kam an einer großen Wiese vorbei. Ihr Grün ließ sie sich so dermaßen über die Schnur hängen, dass ich dachte: „Nein Hämpfel, Du gehst da lieber nicht rein. Wer weiß, was da drin auf Dich wartet!"

Also machte ich vorsichthalber einen großen Bogen um sie und als ich auf eine Anhöhe kam und ich mich von dort aus umsah, erkannte ich, dass auf jener Wiese ganz viele von den riesigen „Vierbeinhabern" standen, die immer „Muh" machen und ständig kauen.

Oder sie schlafen.

Also, eigentlich - wenn ich ein wenig über diese Tatsachen nachdenke, dann sind die mir gar nicht mal so unähnlich.

Allerdings konnte ich nicht erkennen, dass sie auch eine Unterstellmöglichkeit hätten. Einen Muh-Kuh-Port oder so etwas in der Art.

ICH habe ja schließlich mein Hämpfelhäuschen, das mich vor Kälte, Nässe und sonstigen Gefahren schützen kann. Aber die hier – nein, die hatten nichts dergleichen.

Keinen Schutz vor der heißen Sonne. Wenn es regnete würden sie nass und bei dem Gedanken an einen Hagelschauer, schnurpselt mir direkt eine Gänsehaut über den Rücken. Sie taten mir richtig leid, diese Muh-Kuhs. Doch was sollte ich tun? ICH konnte nicht helfen.

Das zu ändern wäre Sache der „Zweibeinhaber".

DIE haben ja schließlich das Sagen!

Glücklich über die Tatsache, dass ich über einen ausreichenden Schutz und sogar mehrere Beschützer verfüge, hämpfelte ich nun endlich wieder nach Hause.

Dort angekommen, erwartete mich die nächste Überraschung.

Zur Abwechslung jedoch mal wieder eine sehr angenehme.

Geburtstagsfeierlichkeiten

Eines Tages war es mal wieder so, dass ich überhaupt keine Lust hatte mein Häuschen zu verlassen. Draußen war es nass, kalt und ungemütlich und außerdem ging es mir nicht besonders gut.
Mit einem Wort: Alles war einfach doof.
Na gut, dann halt vier Wörter. Aber wen interessiert das schon? Mich hatte an diesem Tag jedenfalls gar nichts interessiert. Ich war müde, matt und völlig lustlos. Dabei war erst vor kurzem alles so schön grün geworden. Die Wiesen standen voll im Saft und die Bäume fingen an auszuschlagen.
Und nun dieser Rückschlag: Regen und kalter Wind.
Also wer konnte es mir verdenken, dass ich mich viel lieber in meinem Häuschen verkrümelte?
Niemand! Außer IHR. Meine „Störerin".

SIE musste natürlich wieder daherkommen und mich in meiner bescheidenen aber urgemütlichen Hütte stören. Sie kniete sich vor mein Häuschen auf den Boden und rief meinen Namen so laut, dass ich aufwachen musste. Unmöglich finde ich das.
Kurz darauf fiel mir allerdings ein, dass ich ja noch nichts gekräckert hatte und so kam folgendes Geplänkel heraus.

SIE sagte:

1.) „Herr Hämpfel wohnt gar sehr gemütlich
in seinem eig´nen Häuschen
Doch manchmal sollt´ auch er recht gütlich
hinaus zu seinem Mäuschen..."

2.) „Ich lockte ihn und tat recht schön, doch ihn be-
rührt´ das kaum
Er wollt´ nicht raus und sperrte sich
in seinen hohen Raum."

..und dann ICH:

„Ja kann mir das denn irgendwer verdenken?
Um hier herauszukommen,
müsst´ich mich ja verrenken!!!"

Nun ja, da ich extra wegen ihrem Gedöns aufgestanden
bin, war das verlockende Rascheln mit der Kräckertüte
eigentlich gar nicht mehr notwendig. Ganz langsam
schlurfte ich aus meinem niedrigen Hauseingang,
streckte mich erst einmal ausgiebig und gähnte so
herzhaft, dass ich mir beinahe den Kiefer ausrenkte.

Dann erst trabte ich gemächlich und ohne Hast ins große Haus.

Es kommt ja nicht gerade häufig vor, dass sie schon *vor* mir hier ist und noch seltener, dass sie mich aus meinem Häuschen holen muss, doch irgendwie schien ich diesen seltsamen Tag beinahe verschlafen zu haben. Ich schiebe das jetzt einfach mal auf das äußerst bescheidene Wetter, das damals herrschte.
Vermutlich hätte sie mich gar nicht wecken müssen, denn das Knurren meines Magens war so laut und heftig, dass ich mich wunderte noch nicht verhungert zu sein. Der Lautstärke nach musste ich eine komplette Mahlzeit ausgelassen haben.
Mindestens!
Also machte ich mich gierig über meine Kräcker her und versuchte auch gleich, mir die versäumte Ration einzuverleiben. Von Rechtswegen stünde sie mir ja zu!

Ich kräckerte und mampfte, doch das Zeug wurde nicht weniger. Irgendwann musste ich dann tatsächlich aufhören. Ich konnte einfach nicht mehr. Und das MIR! Gerade in dem Moment, als mir die Kräcker schon beinahe wieder zu den Ohren herausquellen wollten, fiel mir auf, dass die ganze Kräckertüte auf dem Boden lag und mir ihre offene Seite einladend entgegenstreckte.

Einem Füllhorn gleich, das niemals leer zu werden scheint. Eigentlich wie im Schlaraffenland und normalerweise hätte ich auch noch weiter schnabuliert, wäre nicht dieses Sättigungsgefühl gewesen, das mir bis zu diesem Zeitpunkt völlig fremd war.

Dafür hatte ich ganz plötzlich einen unbändigen Durst und da ich ja noch niemals von dieser schwarzen Brühe, die meine „Zweibeinhaber" *Kaffee* nennen, probieren durfte, und von dem bereitstehenden Wasser nichts wollte, wankte ich wieder nach draußen, wo ich aus meiner Traufe trinken könnte.

Doch was mussten meine Glubschäuglein erspähen? Da saßen drei oder noch mehr meiner gefiederten Freunde an, um und in meinem neuen Wassertrog und planschten und badeten, als wäre es ihre Badewanne!

Ja hat man denn da noch Töne? Das ist doch keine Vogelbadeanstalt hier! Oder doch?

Kurz, also wirklich nur ganz kurz, überlegte ich, ob es vielleicht doch so sein könnte, sagte aber dann zu mir: „Nein Hämpfel, denk´ Dir jetzt einmal nix! Denn dieser Trog ist DEIN Trog. Er wurde für DICH da hingestellt!"

Somit waren für mich alle Ungereimtheiten geklärt und nichts mehr konnte mich davon abhalten, diese schrägen Vögel zu verscheuchen.

Hätte ich zuvor nicht so viel gegessen, wäre ich bestimmt selbst geflogen, doch so legte ich nur einen Rekord verdächtigen Spurt hin und schon waren sie auf und davon.

Lediglich ein paar Federn am Boden und im grünen Efeu, zeugten von ihrem vorherigen Aufenthalt.

Zufrieden mit meiner Courage gönnte ich mir einen sehr kräftigen Schluck von meiner Vogel-Bowle mit ohne „ganzen Früchtchen".

Ich fand, sie war gar nicht mal so schlecht.

Meine Geburtstagsbowle ...

Zusammenhalt

Bei einer meiner ausgedehnteren Wanderungen, kam ich einmal ziemlich weit herum. Soweit war ich eigentlich noch nie, doch irgendetwas zog mich in die Ferne. Ich ging und stolperte, raffte mich wieder auf, schüttelte mich und hämpfelte weiter.

Die Bäume wurden immer höher und die Pfade enger und schmäler. Was mir ja nichts ausmacht, denn ICH bin ja nicht dick und komm überall durch! Auch wenn einer von den „Zweibeinhabern" etwas Gegensätzliches behaupten sollte. Man muss ja nicht alles glauben, was erzählt wird.

Nun, ich ging meiner Wege durch Gestrüpp und tiefes Gras und als ich aus dem Unterholz hervorkroch und nach links und nach rechts lugte, stellte ich fest, dass ich mitten im Wald stand. So große, hohe Bäume habe ich ja noch niemals gesehen. Sie alle hatten nur noch ganz weit oben Äste mit Grün dran und die Sonne blinzelte durch ihre Laubkronen. Ein ständiges Licht- und Schattenspiel war das. Die Sonnenstrahlen tanzten richtig lustig auf dem Boden. Mal fiel ein Strahl hier hin, dann gleich wieder dorthin. Oft auch an mehreren Stellen gleichzeitig. Und so viel Mühe, wie ich mir auch gegeben hatte, um einen Lichtpunkt zu fangen, immer genau dann, wenn ich dachte, JETZT hätte ich einen - war er verschwunden.

Doch tauchte er sofort an anderer Stelle wieder auf. Der war so frech. Beinahe konnte ich hören, wie er sich über mich lustig machte. Ja, ich bildete mir sogar ein, sein Kichern zu hören, weil es mir nicht gelang ihn zu erwischen.

Ich glaube, der hat mich sogar richtig ausgelacht.

Als ich dann merkte, dass ich ihn sowieso nicht fangen könnte, ließ ich ihn springen, wohin er wollte. Ich hatte genug von ihm und ging einfach weiter.
Ihn würdigte ich mit keinem einzigen Blick mehr.
Das hatte er jetzt davon!

Auf einmal dachte ich mir, dass es hier irgendwie komisch ausschauen würde. Die Wurzeln der Bäume, die schräg am Hang standen, waren nur noch mit ganz wenig Erde bedeckt und somit beinahe nackig. Der viele Regen, der in letzter Zeit vom Himmel heruntergefallen war, musste sie wohl so freigelegt haben.
Stünden die Bäume jetzt einzeln in der Gegend herum, müsste man Angst haben, dass sie gleich umkippen könnten.

Doch diese Bäume hier haben eine Möglichkeit gefunden, sich davor zu schützen. Sie haben ihre Wurzeln so dermaßen miteinander verbunden, verknotet und verschnurpselt, dass sie sich ganz automatisch gegenseitig Halt geben.
Das nenne ich mal wirklichen Zusammenhalt!

Dies erinnerte mich dann doch wieder an meine „Zweibeinhaber" zu Hause. Die halten auch zusammen und vor allem halten sie zu mir und das finde ich eigentlich sehr fein.

Plötzlich hatte ich Sehnsucht nach ihnen.
Oder war es gar keine Sehnsucht? Verwechselte ich da etwas? Ja, vermutlich.
Ich muss zugeben, eigentlich sollte ich das Wort Sehnsucht mit *Hunger* oder *Appetit* austauschen.
Das träfe die Wahrheit wohl eher.

Haxen abkratzen

Also bin ich zurückgegangen. Allerdings habe ich mir meine Pfötchen mit dem immerzu nassen und lehmigen Boden so besudelt, dass sogar ICH Hemmungen hatte, über die Türschwelle zu treten. Da fiel mir ein, dass ich

schon öfter die vielen „Zweibeinhaber", die da immer
kommen und gehen, beobachten konnte, wie sie sich vor
Betreten des Hauses, die Füße an dem kleinen Teppich
vor der Haustür abkratzten. Immer wenn sie von der
Straße kamen war es das gleiche Spiel: Sie schlossen
die Tür auf und noch bevor sie eintraten, putzten sie
ihre Füße am Vorleger ab.
Ich dachte mir, das muss doch einen tiefergehenden
Sinn machen, sonst würden sie es doch nicht alle tun.
Also machte ich es ihnen nach.
Ich bin ja schließlich kein Unmensch. Mensch!
Fortan kratze auch ich meine Pfoten schön sauber auf
dem einen oder anderen Teppich ab. Und man bedenke:
ICH habe vier Füße abzuputzen und nicht nur zwei!!!
Gerne demonstriere ich das gleichzeitig mit dem einen
oder anderen, der hier nach Hause kommt und erst
dann gehe ich hinein zu meinen Näpfen. Das hat mir
schon einige Pluspunkte eingebracht. Ich meine, wenn
ich sonst schon zu nix tauge.
Sagen sie doch immer, meine „Zweibeinhaber":
„Den *Herrn Hämpfel* kann man zu nichts gebrauchen. Er
kann weder das Licht einschalten, noch aufpassen, dass
die Tür zu ist."
Ist doch nicht zu fassen, oder? Wie soll denn ICH auch
das Licht einschalten können? Und vor allem, weshalb?
ICH sehe doch alles ganz gut - auch bei Dunkelheit.

Eine neue Liebe

Immerhin halte ich mich und meine nähere Umgebung
sehr sauber. Zumindest da, wo ich mich gerne aufhalte
oder aufzuhalten gedenke. Diese Eigenart ist uns Kat-
zen von Natur aus mitgegeben. Trotzdem scheine ich
ein besonders sauberes Schleckermäulchen zu sein,
denn die Weiblein laufen mir hinterher, als hätte ich
„Werweißwas" zu bieten.
Aber irgendwie strengt mich das mit der Weiblichkeit
ziemlich an. Kaum hat sich die eine von mir verabschie-
det, steht schon wieder die nächste vor der Tür.
Und immer wollen sie doch nur das Eine von mir:
Mein Bestes. Sprich: Mein Futter!
Eine Ausnahme stellt die derzeit letzte Anwärterin auf
meiner Liste dar, denn sie ist eine richtige Schönheit.
Ihr Körper ist so schlank, so durchtrainiert und grazil,
dass ich zu Beginn unserer Bekanntschaft, natürlich
davon ausgehen musste, dass sie mir sicherlich niemals
etwas wegessen würde. Doch nicht mit dieser Figur!
Und dann sind da noch ihre hübschen Augen, mit denen
sie genauso lieb glubschen kann, wie ich mit den meinigen. Wenn sich unsere Blicke treffen, dann sprüht es
Funken in Herzform, die miteinander zu zerschmelzen
scheinen.

Außerdem passen wir auch wegen unseres Fells sehr gut zusammen. Wir haben nämlich die gleiche grau/braune Maserung!

Als ich sie zum ersten Mal sah, saß sie nebenan auf der Mauer, die das Nachbargrundstück einsäumt, in dem zeitweise ganz viele kleine Ausgaben der „Zweibeinhaber" herumtollen, wenn sie gerade Schulpause haben.

Sie saß da oben und blickte mit ihren wunderhübschen Augen zu mir herunter, grad so, als würde sie mich verschlingen wollen. Ich war sofort hin und weg.

Und das mir! Mir, der ich doch eigentlich gar nichts mit Weibchen am Hut habe. Hab ja noch nicht mal einen Hut, wie sollte ich dann auch ...

Aber dieses Wesen raubte mir beinahe den Rest meines Verstandes.

Seither streifen wir gemeinsam durch die Gegend und spielen Fangen und Verstecken und vieles mehr.

Gerne suchen wir uns dazu Plätze aus, auf denen wir uns verstecken können. Ganz eng aneinander gekuschelt, kann man uns kaum voneinander unterscheiden, selbst wenn uns jemand entdecken würde. Mit unseren gleichfarbigen Fellen sind wir so gut getarnt, dass wir unsere Beziehung sogar vor meinen „Herbergseltern", eine ganze Weile geheim halten konnten.

Niemand hatte auch nur die geringste Ahnung, wo ich mich die ganze Zeit herumtrieb.

Vor allem nachts. Wenn ich ab und zu mal nicht pünktlich zuhause bin, sehen mich meine „Zweibeinhaber" am nächsten Tag immer fragend an. Sie wollen gerne wissen, wo ich zuvor steckte und weil ich es ihnen ja kaum sagen kann, geschweige denn sagen will, kamen sie zwischendurch auch schon auf die Idee, mir eine Kamera um den Hals zu hängen, die mich bei meinen Aktivitäten außer Haus filmen könnte.

Bis jetzt haben sie mich aber noch nicht mit einem solchen Unfug belastet. Das wäre ja auch noch schöner!

Das große Grundstück gleich über die Straße, ist für unsere Zwecke wirklich ideal. Wir müssen gar nicht so weit gehen und haben trotzdem absolute Ruhe. Und vor den „Blechkisten" mit vier Rädern dran, sind wir hier auch ziemlich sicher, denn hier dürfen die gar nicht hinkommen. Wenn es dunkel wird, dann gehört der ganze Platz mitsamt Berghang und Bäumen uns alleine.

Das glaubten wir zumindest.

Doch eines Nachts, als wir gerade so schön miteinander spielten, hörten wir neben dem Zirpen der Grillen, ein verdächtiges Rascheln im Unterholz.

Wir stutzten und schauten in die Richtung, aus der das Geräusch kam. Es war nichts zu erkennen. Wir sahen uns gegenseitig an und fragten uns gerade, was da wohl gewesen sein könnte, als plötzlich ein riesiger roter

Kater wie ein Blitz auf uns zugerast kam und mich angriff. Heidernei, war das vielleicht ein grober Lackel! Sofort flogen die Fetzen und jede Menge Haare natürlich auch. Wir miauten und kreischten wie doll und unsere Schreie hallten in die Nacht hinein.
Ich kämpfte und wehrte mich natürlich so gut ich konnte, doch leider war ich darin nicht sehr geübt. Außer meiner Süßen, die das Geschehen aus sicherer Entfernung beobachtete, war keiner hier, der mir hätte helfen können, doch sie war so verschreckt, dass sie sich nicht von der Stelle bewegen konnte. Also musste ich alleine mit diesem Kerl fertig werden.

Wieder einmal wuchs ich über meine Kräfte hinaus, und der Gedanke daran, dass er mir meine Liebste streitig machen könnte, verhalf mir dazu, dass ich ihn letzten Endes tatsächlich besiegen und verscheuchen konnte.
Außer einem weiteren kleinen Stückchen von einem Öhrchen und ein paar Haaren, habe ich nichts verloren.
Dafür aber hinzu gewonnen.
Und zwar Ansehen und Bewunderung von meiner Mieze, die jetzt noch stolzer auf mich war.
Und für SIE gewinne ich jeden Kampf. Jawohl!

Ach, was ist das schön mit ihr. Wir haben viel Spaß miteinander.

Nur eine Kleinigkeit gibt es, die mir dann doch zu denken gibt.

Immer wenn meine beiden „Torwächter" das große Tor schließen und ihre abendliche Runde gehen, schlurfe ich noch schnell mit ihnen hindurch und begleite sie ein Stück.
Manchmal ist das Tor aber schon komplett zu, bis ich daher komme und dann muss ich mich ganz schlank machen, damit ich unten durch den schmalen Spalt robben kann.
Das muss mein „Trutscherle" wohl gesehen haben, und da sie mir so ziemlich alles nachmacht, was ich vorgebe, kriecht sie ebenfalls unter dem Tor hindurch.
Zugegeben, ein wenig leichter als mir fällt ihr das schon, denn da wo ich einen gestandenen Bauch habe, weist sie eine hübsche, schmale Taille auf.
Was mich daran jedoch so verwundert, das ist die Tatsache, dass sie auch dann unten durchschlurft, wenn das Tor nur halbseitig geschlossen ist!
Sie könnte doch auch ganz bequem den freien Weg nehmen.
Also, sie mag vielleicht viel schlanker sein als ich, aber gescheiter (!?) ist sie bestimmt nicht.
Und das will was heißen!

Durchblicke

Deshalb wunderte ich mich zunächst direkt, dass sie es schafft, mir durch die offene Haustür zu folgen, ohne unter der Ritze hindurchzukriechen. Wahrscheinlich liegt das daran, dass sie das bei mir noch nicht gesehen hatte. Das wird sie aber auch niemals, denn hier käme nicht mal eine Maus hindurch.

Einmal kamen wir nach Hause, da stand zwar die Haustür sperrangelweit offen, die andere jedoch, also die, hinter der normalerweise unsere Fressnäpfe stehen, aber leider nicht. Und von meinen „Türöffnern" war weit und breit keiner zu sehen.

Tja, was sollten wir jetzt nur tun?

Wie sollten wir an etwas Essbares herankommen?

Wir hatten schließlich Kohldampf ohne Ende!

Fieberhaft überlegte ich, wie ich meiner Freundin etwas Nahrhaftes besorgen könnte, bis meine Futterkammer wieder geöffnet würde.

Ich meine, wie stehe ich denn da, wenn ich plötzlich nichts zu bieten hätte?

Geschickt machte ich auf meinen Samtpfötchen eine halbe Drehung und tat so, als hätte ich nur etwas vergessen. Ich ging wieder in Richtung Ausgang und kam an einer anderen Tür vorbei, die zufälligerweise gerade geöffnet wurde.

Geistesgegenwärtig ging ich hinein und sie folgte mir natürlich wieder auf den Schritt.

Was mach´ ich nur, was mach´ ich nur? Fragte ich mich und zack – schon war die Lösung da. Ich sprang erst auf die niedrige Holzbank, dann auf den Tisch und mit einem weiteren Hopser landete ich auf dem breitesten Fensterbrett, das mir bisher unterkam. Ihr brauchte ich gar nicht erst zu sagen, dass sie es mir nachmachen sollte - schwupps - schon saß sie neben mir.

Um etwas Zeit zu gewinnen, zeigte ich ihr erst einmal die Aussicht. Doch unterdessen grübelte ich schon wieder, was ich ihr Außergewöhnliches bieten könnte, bis unsere Futter-Bar wieder geöffnet hätte.

Ich meine, wie es draußen ausschaut, wusste sie ja auch ohne mich. Immerhin! Wegen dieser paar Zentimeter, die wir hier höher saßen als sonst, war das nämlich nicht gerade der Brüller.

Doch plötzlich stieß ich mit meinem Kopf an etwas, das direkt vor der Fensterscheibe an diesem Stoffgezumpel baumelte. Ich öffnete die Augen, die ich vor Schreck geschlossen hatte, und dachte mir: Nanu? So heftig war der Schlag doch gar nicht, dass ich jetzt alles in vielfacher Ausfertigung sehen müsste.

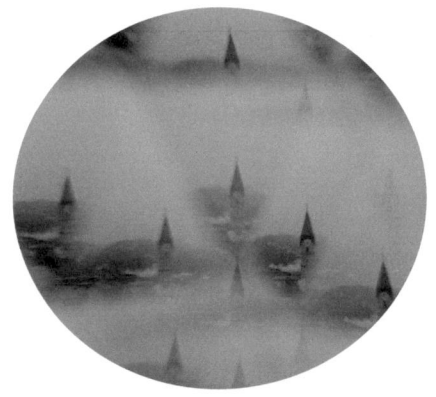

Ich wog meinen Kopf ein wenig hin und her und je nachdem in welche Richtung ich blickte, verstellten sich die Bilder kreisförmig nach links oder nach rechts.
Das war ja mal wieder sehr interessant. Sogleich bedeutete ich meiner Freundin, sie solle doch auch einmal durchschauen und als sie erkannte, wie faszinierend dieses Spiel war, ließ sie nicht mehr davon ab.
Beinahe hätten wir uns um diese komische Kugel mit den vielen Ecken gezofft, wäre da nicht der „Zweibeinhaber" von draußen zurückgekommen und hätte uns vom Fensterbrett und aus seiner Wohnung gejagt.

Ts! Ich finde ja, er hätte uns ruhig noch ein bisschen gucken lassen können. So etwas bekommen wir ja schließlich nicht jeden Tag zu sehen.

Fremdlinge und fremde Dinge

Nach dem nächtlichen Erlebnis auf dem Nachbargrundstück, fühlte ich mich wie ein König mit seiner Königin. Oder besser noch, wenn man jetzt mal nach Äußerlichkeiten geht und mein Fellmuster miteinbezieht, dann sogar wie ein Königstiger!

Ich, der harmlose Herr Hämpfel, der keinem etwas zuleide tun könnte (natürlich nur, wenn er nicht kleiner ist als ich), hatte ganz alleine, furchtlos und überaus mutig einen Rivalen vertreiben können. Einen Widersacher, der viel größer noch und stärker war, ein Kater, der sich ganz gewiss nicht so viel gefallen ließ, wie ich. Auch konnte er bestimmt nicht allzu viele liebe „Zweibeinhaber" zu seinem Freundeskreis zählen. Unter Umständen vielleicht gar keinen?

Naja, mit einem solchen Benehmen und DEM Aussehen, wäre das ja auch kein Wunder. Sein ehemals bestimmt wunderhübsches rotes Fell war ganz zerrupft und glanzlos. An einigen Stellen waren sogar überhaupt keine Haare mehr aufzufinden. Und so manche Narbe zeugte von Kämpfen, die schon vor dem letzten mit mir stattgefunden haben mussten. Es waren so viele Verletzungen sichtbar, die unmöglich von mir stammen konnten.

So ein brutaler Kämpfer bin ich ja nun auch wieder nicht.

Wie ich im Nachhinein so darüber nachdachte, dann empfand ich direkt sogar Mitleid, mit diesem Kerl. Vielleicht sollte ich mich nicht so über ihn stellen, nur weil ich so hübsch und liebreizend ausschaue und er eben nicht.
Womöglich konnte er ja gar nichts dafür, dass er sich zu solch′ einem „Stinkstiefel" entwickelt hatte. Wenn keiner von den „Zweibeinhabern" zu ihm sagt, wie hübsch er sei, ihn dabei streichelt und krault, ihn womöglich auch noch liebevoll anschaut, sondern bei seinem Anblick eher erschrickt und Reißaus nimmt, dann braucht sich keiner darüber zu wundern, dass er so grimmig wurde.

Nach diesen Überlegungen entschloss ich für mich, nicht mehr mit ihm kämpfen zu wollen, falls er noch einmal auftauchen sollte. Stattdessen würde ich ihn fragen, wieso er so böse zu mir war, obwohl ich ihm doch gar keinen Anlass dazu gab.

Tief in meinem Inneren hatte ich jedoch bei dem Gedanken, ihm wieder zu begegnen, durchaus ein mulmiges Gefühl. Ja, Angst stieg in mir auf, dass er mich gleich wieder angreifen würde, noch bevor ich zu Wort käme. Insgeheim hoffte ich, dass er nicht noch einmal auftauchen würde.

Doch wieder einmal sollte es anders kommen ...

Es begab sich zu der Zeit, in der ich mich die meiste Zeit im Freien aufhielt. Die Temperaturen waren angenehm mild, die Niederschläge hielten sich in Grenzen und ringsum wuchsen die Bäume wieder ein ganzes Stück weiter in den Himmel hinauf.

Die Hecken wucherten in die Länge und in die Breite und die Blumen öffneten ihre ersten Blütenknospen.

Letzteres, so denke ich zumindest, nicht ohne mein Zutun, denn die Blumenbeete besuche ich ziemlich regelmäßig und dünge sie mit der mir *„eigenen Macht"*.

Ich gebe stets mein Bestes und sie danken es mir und der ganzen Umgebung mit üppigster Blütenpracht.

An manchen Tagen, wenn die Sonne nicht so recht mit-
spielen möchte und der Himmel voller Wolken hängt,
ziehe ich mich in den Schutz des Eingangsbereiches

zurück und setze mich auf den Lehnstuhl, der zunächst zwar eigentlich nicht für mich gedacht war, ich ihn aber trotzdem einfach in Beschlag nehme.

Hier bin ich vor Wind und Wetter einigermaßen geschützt und kann die nähere Umgebung sehr gut überblicken.

Und dann kam er. Der große, rote, gerupfte Kater, den ich neulich erst vertrieben hatte.
Still und leise schlich er ums große Haus und lugte um die Ecke zu mir herüber. Langsam, ganz langsam kam er

auf mich zu. Ich war so erschrocken, dass sich mir
sämtliche Haare aufstellten.
Er hielt in seinen Schritten inne und wir schauten uns
gegenseitig an. Eine scheinbar unendlich lange Zeit
blickten wir uns tief in die Augen und kurz, also wirklich wieder nur ganz kurz, überlegte ich mir, einfach
die Flucht zu ergreifen. Doch dann besann ich mich auf
die Nacht von letzthin und mir wurde bewusst, dass
ICH ja schließlich als Gewinner des nächtlichen Kamp-
fes vom Platz ging.
Und zwar MIT meiner Freundin an meiner Seite.
Also bequemte ich mich lediglich dazu, aufzustehen und
ihm ein deutliches Zeichen zu geben. Nämlich das Zeichen, dass ich ihn auf meinem Hof nicht dulden würde.
Ich zeigte ihm meinen Buckel und meine Beißerchen.

Fast hätte man ihn als Bettvorleger benutzen können,
so klein machte er sich.
Zufrieden mit mir und meinem Handeln sprang ich dann
doch noch von meinem Aussichtspunkt herunter und
wollte ihn eigentlich fortjagen.
Doch dann hatte ich plötzlich wieder dieses Gefühl,
dass ich ihm damit Unrecht tun würde und verzögerte
meine Gangart. Er saß noch immer ganz kleinlaut vor mir
und blickte mich flehentlich an.
Ja, ER bat MICH um Nachsicht.

Da konnte ich einfach nicht mehr anders und maunzte ihm freundschaftlich zu.

Wie wenn er darauf gewartet hätte, erhob er sich aus seiner geduckten Haltung und sogleich waren wir uns einig.

Er und ich wurden innerhalb von Sekunden zu Freunden!

Seitdem gehen wir ziemlich oft gemeinsam durch die Gegend, und nicht selten nehme ich ihn mit zu mir nach Hause und ganz brüderlich teilen wir uns MEINE Kräcker.

Allerdings dürfen das meine „Napfauffüller" nicht erfahren, da sie es vermutlich nicht dulden würden, noch einen „Zugelaufenen" zu verköstigen.

Deshalb schaue ich immer erst nach, ob sie anwesend oder unterwegs sind, bevor ich ihn einlade.

Mit der Zeit hatte ich allerdings den Verdacht, dass sie trotz meiner Vorsichtsmaßnahmen, etwas ahnen würden.

Ihr Misstrauen fiel mir auf, weil sie sich noch viel aufmerksamer als sonst in der Umgebung umsahen, wenn sie zur Tür rausgingen, oder von einer Unternehmung wieder nach Hause kamen. Sie schauten in jede Ecke, gingen noch einmal die Wege ab, die sie gegangen waren, sahen unter die Hecken und Sträucher und inspizierten auch mein Hämpfelhäuschen.

Doch wir sind schlauer als sie. Erst wenn die Luft rein ist, gebe ich meinem Freund das Zeichen, dass er kommen kann. Dann wechseln wir uns beim Wacheschieben und Vernaschen der Köstlichkeiten ab.
Sobald wir ein verdächtiges Geräusch hören, zieht er von dannen und so können sie ihn gar nicht entdecken.

Dass die Näpfe nun noch öfter aufgefüllt werden müssen als sonst, kann doch eigentlich auch nicht weiter auffallen, da meine Freundin in letzter Zeit auch schon mitgenascht hat und ein weiterer „Fremdling" kaum etwas ausmachen könnte. So denke ich zumindest.
Wir DREI von der Kräckerstelle hätten keine Probleme damit, denn auffüllen müssen ja die „Dosen- und Kräckertütenöffner".
WIR sind lediglich für das Leeren derselben zuständig.
Meiner „Mietze" macht meine neue Freundschaft übrigens auch nichts weiter aus. Sie hat mittlerweile ebenfalls weitere Kontakte geknüpft und ist selbst viel unterwegs.
Nur hoffe ich sehr, dass sie ihre neuen Bekanntschaften nicht auch noch zu meiner gedeckten Tafel mitbringt, denn ich kann mir nicht vorstellen, dass wir unsere Machenschaften dann immer noch geheim halten können, vor unseren „Tischleindeckern".

Fütter-Verbot

So manches im Leben könnte sich auch von selbst erledigen, wenn man günstige Gelegenheiten wahrnimmt. So ergab es sich in diesem Fall, dass zumindest ich, eine anderweitige Futterstelle erhaschen konnte. Und das nicht einmal weit entfernt von meiner eigentlichen.
Und das kam so:
Eine altbekannte „Zweibeinhaberin" kam wieder einmal zu Besuch und als sie mich entdeckte, musste sie sich wohl sehr gefreut haben. Ja, ich meinte sogar einen kleinen Luftsprung von ihr, entdeckt zu haben.
Auch ein Willkommensgeschenk hatte sie für mich mitgebracht.
Ganz, ganz leckere Schleckerlis und in den folgenden Tagen gab es weitere. Die waren
teilweise sogar noch warm.

Ich brauchte mich nur vor ihre
Tür zu setzen und wann immer sie
diese öffnete, bekam ich die
Häppchen serviert.
Auf weißen Porzellantellern!
Da schmeckt es mir doch gleich
nochmal so gut.

Unter diesen Umständen konnte mir meine altgewohnte
Kräckerschale natürlich gestohlen bleiben.

Meine „Betreuer" wunderten sich zwar, dass sie mich
kaum noch beim Kräckern sahen, meine Schale trotzdem meistens leer war und ich gleichzeitig nicht gerade
schlanker wurde. Dennoch kamen sie zumindest nicht
hinter das Geheimnis meiner „Mitesser".
Nur weil meine Unverträglichkeit dieser Fremdkost, ein
unbeschreibliches (!) Schlamassel nach sich zog, wurden
meine „Wegputzer" dazu veranlasst, mich unter genau-
ere Beobachtung zu stellen.

Das hatte letztendlich auch zur Folge, dass ich meine
„Kostgänger" nun nicht mehr ganz so einfach durchfüt-
tern kann.
Und da meine beiden „Kontrolleure" nicht einmal an-
satzweise davon begeistert waren, dass ich mich an-
derweitig verwöhnen lassen wollte, obwohl es mir dort
besser schmeckte, achteten sie nun sehr darauf, dass
ich von der Tür wegging, hinter der ich die Leckereien
erwarten konnte.
Sie drängten mich stets von dieser Tür weg und um
dem Ganzen noch die Krone aufzusetzen, hängten sie
ein Schild auf, das jedoch nur indirekt mir galt:

Den Herrn Hämpfel
bitte <u>nicht</u> füttern!
Er verträgt es
einfach nicht! Danke!!!

Jedem seinen Rettungsschirm

Mittlerweile war es im Freien richtig kalt und ungemüt-lich geworden und ich beschloss, mich einstweilen in mein eigenes, kleines Häuschen zurückzuziehen.

Mit Blitz und Donner fiel der Regen vom Himmel herun-ter und es bestand die Gefahr, unterm Gehen zu er-trinken. Es war so heftig, dass sogar die Fenster im großen Haus von der Seite her völlig nass wurden.
Ach was erzähle ich da – nicht nur nass. Nein.
Das Wasser lief in Strömen an den Scheiben herab, und wenn es keine Scheiben gäbe, dann liefe das Was-ser vermutlich in das Haus hinein und irgendwo, ganz unten, wieder heraus. Wer bei einem solchen Wetter unterwegs ist, der sollte schleunigst zusehen, dass er sich irgendwo unterstellen kann. Denn selbst ein sol-ches Teil, was die „Zweibeinhaber" oftmals mit sich tragen, wenn es nach Niederschlag aussieht, und was sie Schirm nennen, würde nicht besonders viel nützen.

Vielleicht, dass ihr Kopf oder das Gesicht noch eini-germaßen trocken bleibt, aber sonst? Nein. Nichts kann vor diesen Fluten wirklich schützen.
Dumm ist halt auch, dass wirklich niemand vorhersehen kann, *wann* genau es heruntermacht. Denn nicht nur wir

„Vorderhaustürtiere" möchten nicht auf ewig immer am selben Platz sein, sondern auch die „Zweibeinhaber" müssen gelegentlich ihre vier Wände verlassen.
Und sei es nur, um mein Futter zu besorgen.
Denn das ist ja das Allerwichtigste. Für mich zumindest.
Doch das kommt eben leider nicht von alleine ins Haus.
Also müssen sie sich auf den Weg machen, ob sie nun wollen oder nicht und ob es *nur* regnet oder kleine Hunde vom Himmel fallen. Und manchmal, wenn sie dann von einer solchen Tour wieder nach Hause kommen, sind sie klitschnass. Von unten bei ihren Schuhsohlen angefangen, bis ganz hinauf zu ihren Haaren.

Ihren mitgebrachten nassen Schirm spannen sie auf und stellen ihn zum Trocknen in den Raum, wo auch meine Näpfe stehen.
Wie wenn da überhaupt noch Platz für ein solch riesiges Teil wäre.
Doch ich freue mich, denn so habe ich wieder einen tollen Platz mehr zum Verstecken.

Draußen stehen zwar auch manchmal Schirme in der
Landschaft herum, ich bin mir nur nicht sicher, ob ich
die auch nutzen darf.
Aber es ist mir sowieso egal, ob etwas für mich bestimmt ist, oder nicht. Wenn ich etwas brauchen kann
und es steht sowieso im Weg, dann nutze ich das auch.
Basta!

Und wenn der Regen jetzt doch nur so „lala" vom Himmel fällt, ohne Wind und Sturm, dann kann so ein solcher Schirm zur richtigen Rettungsinsel werden.

Ein heftiger Niederschlag hingegen darf nicht länger andauern, denn mit der Zeit würde es von unter her dann doch ungemütlich. Die vielen Tropfen, die von oben kommen, tritscheln auf die Pfützen und kommen wie kleine Gummibälle, an einem heraufgesprotzelt.
Also muss man seine Position früher oder später dann doch wieder verlassen und sich einen neuen, trockeneren Platz suchen. Immer dieser Bewegungszwang!

Zählen müsste man können ...

Das Leben ist nicht nur ein Kampf, es ist bisweilen auch ziemlich anstrengend. Als wäre es nicht schon genug Arbeit, sich jedes Mal zu seinem Napf hinzuschleppen und die Kräcker mühseligst runterzuschlucken, häuften sich bei mir plötzlich die Anfälle von Unwohlsein nach den Mahlzeiten. Irgendwie bekamen mir die, doch eigentlich heiß geliebten und bis dahin verträglichen Kräcker nicht mehr, und ich wurde zusehends schlanker. Ach was – schlanker – zaundürr (!) bin ich geworden.
Schön war das nicht direkt, denn mein rundes Bäuchlein, das ich zuvor mit Stolz herumgetragen hatte, hing jetzt leer und schlaff an mir herunter. Meine „Zweibeinhaberin" befürchtete, dass ich ganz abmagern

würde und „ER" sprach sogar schon davon, dass ich es vermutlich *nicht mehr lange machen* würde. Höchstens noch 10 Jahre oder so. Und was sind schon 10 Jahre, wenn ich doch schon 12 Lenze auf meinem Katzenbuckel habe?

Ganz traurig über diese so gar nicht rosigen Aussichten, hämpfelte ich entsprechend missmutig durch die Tür, und aus alter Gewohnheit, hin zu meinen Näpfen, die sich von der Anzahl her noch einigermaßen leicht überblicken ließen. Da standen also regelmäßig mein Wassernapf und natürlich die Schale mit Kräcker, die mindestens zweimal täglich gefüllt wurde. Doch genau DIESE Art Kräcker vertrug ich nicht mehr.
Waren sie inzwischen zu hart für meine Zähne geworden? Das konnte ich mir eigentlich gar nicht vorstellen, denn der „Zweibeinhaber" mit dem weißen Kittel meinte erst neulich, dass meine Zähne völlig in Ordnung wären.

ER war außerdem der Einzige, der sich für mein neues Gewicht begeistern konnte, das gerade noch ein kleines bisschen mehr als die Hälfte von dem war, was ich noch ein Jahr zuvor auf die Waage gebracht hatte. Er behauptete doch glatt, dass ich jetzt „Normalgewicht" hätte. Ha! Von wegen normal. Spindeldürr bin ich geworden!

Ich war so dünn, dass ich mich nicht mal mehr auf die Straße traute, ohne ganz genau zu schauen, wo ich hintrat. Denn selbst die Spalten an den Straßenrändern, dort wo das viele Regenwasser immer hineinfließt, kamen mir sehr bedrohlich vor. Wie reißerische Mäuler, die mich verschlingen wollten. Naja, zugegeben, die Ritzen sind wohl doch noch etwas zu klein, als dass sie mich auf einen „Happs" verschlucken könnten, aber im Falle eines Fehltritts bliebe ich bestimmt darin hängen und ich könnte mir sämtliche *Gräten* brechen.

Meinen „Daheimbleibenden" fiel es auch auf, dass ich so abgemagert war und sie grübelten und studierten, wie sie mich wieder aufpäppeln könnten. Ihnen wurde nun wohl auch bewusst, dass ich einfach nicht mehr der Jüngste bin und deshalb besorgten sie mir Kräcker für „Senioren"!

Zunächst war ich noch skeptisch, ob mir die auch schmecken würden, doch schon kurz nachdem ich sie probiert hatte, stand für mich fest:
DIE mag ich jetzt immer haben und die anderen nie wieder!

Doch das war noch nicht alles, was sich in meinem Speiseplan ändern sollte. Es wurde mir ein weiteres Tellerchen hingestellt, auf dem sich *die* Katzen-Feinkost schlechthin befand.

Schonend gegartes Geflügel, abwechselnd mit Aspik oder mit Soße.

Mnjam! DAS war aber mal lecker!!!

Allerdings konnte ich bei dieser Riesenauswahl dann oft nicht mehr entscheiden, was ich zuerst zu mir nehmen sollte. Und wenn ich schon etwas geschlabbert hatte, fragte ich mich, was wohl als nächstes dran käme, und ob ich nun meine Portion Milch an jenem Tag schon hatte oder ob die noch kommen müsste?

Früh am Tag war es noch recht einfach, denn meine „Futtermeister" stellten mir nur die Schale mit Kräcker neben meinen Wassernapf. Später kam die Milch dazu und erst ganz zum Schluss, das lecker zubereitete Geflügelzeugs.

Bei dieser Auswahl und meinem steten Hunger, der sich kaum besänftigen lässt, kam ich natürlich erst recht ins Schleudern, wann ich welches Futter noch zu bekommen hatte. War die Milch schon dran? Wie viele Kräcker hatte ich schon vertilgt und wann war das Nassfutter fällig? Oder hatte ich die Tagesration davon schon und ich weiß es nur nicht mehr?

Zunehmend fiel es mir schwerer, mich daran zu erinnern. Mit der Zeit wurde ich immer vergesslicher und das Schlimme daran war, dass ich es selber merkte. Nur konnte ich nichts dagegen tun.

Um mir keine Blöße bezüglich meiner Erinnerungslücken zu geben, versuchte ich einen Trick. Ich spielte einfach den Ahnungslosen und stellte mich wieder so an, als hätte ich die Milch noch gar nicht gehabt.
Das ging allerdings gründlich daneben und meine „Aufpäppler" hatten mich ziemlich schnell durchschaut.

SIE sagte: *„Jetzt schau Dir mal den Herrn Hämpfel an. Der meint wohl, er bekommt NOCH eine Milch!"*
Und ER antwortete: *„ Tja, es scheint so, als wird er immer vergesslicher."*

Kurzfristig fragte ich mich, wer mich verraten haben könnte. Meine Freundin vielleicht? Weil sie sich hier eventuell einschleichen und mir meinen Platz streitig machen möchte?

Ha! Nicht mit mir! NOCH bin ICH der Herr Hämpfel im Haus! Und meine „Verpfleger" waren offensichtlich ganz meiner Meinung, denn sie verwöhnten mich nahezu göttlich mit lauter leckeren Sachen.
Sie waren es letztendlich auch, die mir weitere Blamagen ersparen wollten und mit einem ganz einfachen Trick gelang es ihnen sogar.
Sie lassen nun einfach ALLE Schalen und Gefäße so lange stehen, bis Feierabend ist und ich brauche jetzt nur

noch bis „vier" zu zählen. So weiß ich dann ganz genau, dass ich schon alles hatte, was mir tagtäglich zusteht. Und einen anderen Nebeneffekt hatte die erneute Nahrungsumstellung auch noch. Durch die Tatsache, dass es mir wieder so richtig gut schmeckte und ich wieder alles bei mir behalten konnte, hatte ich in null Komma nix meine alte Figur wieder. Also eben jene, die man von mir eigentlich gewohnt war:
Rund und faltenfrei.
Nur der „Weißkittel", der wird davon nicht so begeistert sein. Aber was kümmert mich das?
Nicht die Bohne!

Mein Freund – Mein Baum

Eines Tages, als es schon streng auf die kalte Jahreszeit zuging und schon deshalb mein Fell wieder sehr dicht wurde, kamen hier in aller Früh drei fremde „Zweibeinhaber" an und machten ein Riesen-Tamtam. Ein jeder von ihnen hatte so etwas wie eine gelbe Schüssel auf dem Kopf und dazu trugen sie Gurte, Werkzeug und Geräte, die ich noch nie zuvor gesehen hatte. Und mit dem, dass es endlich hell wurde, schalteten sie jene Geräte ein und machten sich am Baum zu schaffen.

An MEINEM Baum! Einer von ihnen stieg in die Äste und fing an sie abzusägen.

MEINE Äste! Sie fielen auf den Boden und die beiden anderen machten sie kurz und klein und schmissen das, was von ihnen übrig blieb, in einen riesigen Behälter. Ein Ast nach dem anderen kam herunter und der Baum – MEIN Baum – wurde immer kahler und weniger und weniger …

Irgendwann stand dann nur noch der dicke Stamm und kurz bevor die Sonne wieder verschwunden war, fiel dieser mit einem ganz lauten und erderschütternden „Rumms" um. Der Baum – MEIN Baum, auf dem ich so viel Zeit verbracht hatte, der mich vor allem und jedem verstecken konnte, der mich beschützte und tarnte, -

genau dieser Baum war nicht mehr ...
Die drei „Baumzerstörer" nahmen ihre restlichen Kräfte zusammen und zerteilten den Stamm in gleichmäßig große Stücke. Und als es schließlich wieder dunkel wurde, war alles vorbei.

Der Baum – MEIN Baum – war zu Brennholz geworden. Nur ein Stück ließen sie ganz, und neben diesem ließ ich mich nieder und sang traurig vor mich hin:

♫ ♪♫ *Mein Freund der Baum ...* ♪♫♪

ist tot ... ♪♫ ♪

Später ging ich dahin, wo der Baum zuvor noch gestanden hatte, setzte mich auf den kurzen Stumpf, der tief im Boden steckte und schaute mich in aller Ruhe um. „Mh!" dachte ich so bei mir: „Wieso ist der auch so groß und dick geworden und hat die angrenzende Mauer fast eingedrückt? Das muss ein dummer Baum gewesen

sein – MEIN Baum - denn so konnten ihn die „Zweibein-
haber"natürlich nicht stehen lassen.
Er hätte ja alles kaputt gemacht."
Tja, wer hoch hinauf kommt, der kann tief fallen.
Aber ICH weiß das ja schon lange ...

Seitdem konnte ich mich nicht mehr auf diesen – mei-
nen Ex-Baum - zurückziehen, wenn Gefahr drohte. Ob
ich wollte oder nicht, ich musste mir einen anderen
Platz suchen.
Davon gibt es ja noch immer eine ganze Menge. Meine
Katzenleiter zum Beispiel, die mich bequem auf das
Dach des Nebengebäudes bringt, steht nach wie vor an
ihrem Platz. Von hier aus habe ich fast einen genauso
guten Blick über mein Gebiet, wie von meinem Ex-Baum.
Außerdem steht da noch mein kleines Häuschen, in das
ich mich verkrümeln kann und das große Haus meiner
„Zweibeinhaber" sowieso. Das kann ich allerdings nur
nutzen, wenn mir jemand die Tür aufmacht.
Dann wären da noch die dicke, grüne Hecke und der
Anbau, wo ich mich hin verkriechen könnte und überhaupt – an günstigen Verstecken mangelt es mir nicht
wirklich.

Aber bis jetzt ist es noch immer gut ausgegangen. Hof-
fentlich bleibt das auch so.

Winterspiele

Mittlerweile war es noch kälter geworden und ein untrügliches Zeichen dafür, dass die Gegend hier schon bald wieder im Schnee versinken würde, war mein Fell, das sich inzwischen wieder extrem dicht anfühlte.
Im Gegensatz zu den „Zweibeinhabern", die sich ja immer noch mehr anziehen müssen, je kälter es wird, bleibt mir das erspart. Meine *Wärmeisolierung* besteht aus ganz natürlich nachwachsenden Rohstoffen, meinen Haaren nämlich, und ich muss dafür noch nicht einmal etwas bezahlen. Meine beiden „Heizermännchen" hingegen jammern ja schon genug, dass alles so teuer würde.
Vor allem die Lieferung Heizöl, die mit einem unglaublich riesigen „Wesen aus Blech" hier angekarrt wurde, sollte Unsummen kosten.

Das war vielleicht wieder ein Zirkus, bis dieses mächtige Teil im Hof stand und dann so einen langen Schlauch im Boden versenkte. Meine Güte – so ein Aufwand und laut war das!
Am liebsten hätte ich meine Ohren zugehalten, doch die Neugierde trieb mich eher dazu, mir alles ganz genau anzusehen und aufzupassen, ob sie auch alles richtig machten.

Der „Liefermann", hob mit einem länglichen Gegenstand
eine dicke, runde Scheibe von ihrem Platz, woraufhin
sich ein großes, tiefes Loch im Boden öffnete.
Ich musste natürlich sofort nachsehen, was sich darin
verbarg.

Also ging ich ganz nah hin und blickte hinein.
Doch weil es so dunkel war, konnte ich nicht viel erkennen. Nur dass das Loch ziemlich tief hinunter reichen
musste, das konnte ich irgendwie spüren.

Ich beugte mich vom Rand des Lochs noch weiter hinunter, noch ein bisschen und noch ein wenig mehr – und
plötzlich – kurz bevor ich hineinfiel, hörte ich meine
„Retterin" rufen:

„HÄMPFEL! Was machst Du denn da?"

Also ich sage Euch...
Das war fei knapp. SEHR knapp!
Beinahe wäre ich hineingefallen, in dieses Loch.
Aber nur fast!

Wie immer, wenn ich kurz davor bin, etwas zu *versemmeln* und mich doch noch berappeln kann, ließ ich mir natürlich auch in dieser Situation, nichts anmerken. Ich schüttelte mich nur ein wenig, streckte meinen Kopf in die Höhe und ging ganz lässig meiner Wege.

Wie von mir vorhergesagt, fiel kurz darauf auch schon der erste Schnee. Also ich mag das, wenn die Gegend um einen, anstatt trist und grau, so herrlich weiß ist und die sonst so lauten Geräusche, angenehm gedämpft. Außerdem macht es mir großen Spaß, in dem frisch gefallenen und unberührten Schnee, rumzuhüpfen und zu hämpfeln. Da kann ich mich so richtig austoben.

Ich springe mal hier und mal dort hin und mit den Flocken, die ganz sachte vom Himmel fallen, spiele ich Fangen. Sie tanzen immer so schön vor meinen Augen und funkeln im Abendlicht wie kleine, sternenförmige Seifenblasen.   Äh – ja ...

Mir ist ja eigentlich niemals kalt. Das liegt nicht nur daran, dass ich von Natur aus immer dick genug angezogen bin, sondern auch an der Erlaubnis meiner „Groß-Haus-Bewohner", ihr Gemäuer im Winter öfter beehren zu dürfen, als im Sommer. Für mich ist das eine Einladung, welcher ich nicht widerstehen kann.

Und zwar aus dem ganz einfachen Grund, weil ich dadurch meinen „Überlebensmittelschalen" näher bin. Neu ist allerdings, dass ich jetzt immer warte, bis mir zumindest einer von meinen „Herbergseltern" beim Essen Gesellschaft leistet. Dann schmeckt es mir nämlich nochmal so gut.

Außerdem habe ich auf diese Weise die Chance, dass ich in den Genuss weiterer Aufmerksamkeiten komme. Beispielsweise spielen sie mit mir zusammen „Gummiball-Ping-Pong". Dabei kann ich mich so richtig in meinen kleinen Teppich verschnurpseln, was mir nach wie vor sehr großen Spaß macht, obwohl ich schon so alt bin. Und weil ich damit meine Mitspieler zum Lachen bringe, bekomme ich zur Belohnung Milchdrops. Die sind ja lecker. Gut, es sind immer nur wenige, die sie mir gönnen, doch irgendwie finde ich es richtig lustig, wenn ich sie fangen darf. Denn die werden mir nicht direkt vor die Pfötchen oder in einen meiner Näpfe gelegt.

Sie werfen sie in die Luft, und wenn ich sie nicht gleich auf Anhieb erwische, dann rollen sie so schnell über den Boden, als würden sie vor mir davonlaufen.

Einmal kullerte eines zwischen die hölzernen Beine des Schreibtisches und noch so einem Teil, das da in der

Ecke steht. Ich aber war so gierig, dass ich mich ganz lang machte, und versuchte mit aller Kraft zwischen den beiden Möbelstücken an das Drops zu kommen. Dummerweise blieb ich mit meinem dicksten Körperteil, dazwischen hängen.

Und das ist NICHT mein Kopf!

So sehr ich mich auch anstrengte, ich kam einfach nicht an das Teilchen heran. Der Boden hier ist so glatt, dass ich mit meinen Hinterbeinen keinen festen Tritt hatte und dauernd abrutschte. So schnell konnte ich gar nicht trippeln und trappeln, als dass ich nicht beinahe auf die Nase gefallen wäre. Es muss zum Schießen ausgesehen haben und es war mir so was von peinlich.

Nur gut, dass das außer meiner „Dropswerferin" keiner gesehen hatte. SIE aber machte keinen Hehl aus ihrer Schadenfreude und laut lachend kroch sie zu mir unter die Möbel. Dabei musste sie aber ebenfalls ihr Hinter-teil in die Höhe recken und das fand ich wiederum irre komisch. Wenn ich es könnte, dann hätte ich sie auch ausgelacht.

Es muss ein Bild für die Götter gewesen sein.

Doch dann gab sie meinem Drops einen Stups, sodass er zurück in den Raum kullerte und ich konnte mich aus meiner misslichen Lage befreien, indem ich rückwärts

herausrobbte. Bis sie ebenfalls wieder aufrecht stand
und sich die Wollmäuse von ihrem Gewand gewedelt
hatte, konnte ich mir bereits das Milchdrops schmecken lassen.
Gerne hätte ich noch mehr gehabt, doch für diesen Tag
sollte es genug gewesen sein.

Und ewig nervt der Murmelhämpfel ...

Da gibt es noch so eine Sache, die ich einfach mal an-
gesprochen haben möchte.
Ich meine, schließlich bin ich durchaus noch immer in
der Lage, mir meine Lieblingsplätze selbst auszusuchen
und trotzdem – andauernd wollen mich meine „Platzan-
weiser" dazu bringen, dass ich mich auf Plätze setze,
die ihnen gerade recht wären.
Sei es ein samtbezogener Hocker vor der Heizung oder
ein dickes Kissen darunter. Auch einen Einkaufskorb,
den ich doch nur mal so ausprobiert hatte, stellen sie
mir seitdem als dauerhafte Einrichtung zur Verfügung.

Von anderen Plätzen hingegen, die ich eben bevorzuge, möchten sie mich auf Biegen und Brechen fern halten. Vorzugsweise und überhaupt am allerliebsten, setze ich mich ja auf seinen Schoß, wenn ER sich ganz gemütlich die Beine hochlegt. Mein Schnurren vermischt sich dann mit dem Grummeln seines Bauches und ich kann nur sagen, dass das sehr harmonisch klingt. Dabei spiele ich gerne mit dem Reißverschluss-Anhänger, der an seinem Sweatshirt hängt. Wenn er keinen Zipper dran hat, was meistens sonn- und feiertags der Fall ist, dann streichele ich mit meinen Pfötchen über seinen flauschigen Pulli. Das finde ich so schön und angenehm. Hach, - da fahre ich doch vor lauter Freude gleich mal meine Krallen aus, damit es so richtig schön ziept und ich so kleine, wollene Würmli aus dem Pulli ziehen kann. Gesetzt den Fall, er lässt mich dann noch weiterspielen, kommt es durchaus vor, dass die eine oder andere Masche das Laufen anfängt, wie ER es nennt. Doch immer wenn es am schönsten ist, muss ich runterspringen und ER führt wieder einen Tanz auf, dass man meinen könnte, es wäre wunder was passiert. Er sagt dann immer, dass er doch nicht mein Kratzbaum sei. Wie schade, dass er das so sieht. Ich würde ihn als Kratzbaum direkt akzeptieren.
Dabei ist es doch so schon schwer genug, überhaupt zu ihm hinauf zu kommen.

Naja, zwischendurch spiele ich auch mal mit der weißen Maus, die an der Schranktür hängt, oder schnurpsle mich in meinen schönen Teppich ein. Aber irgendwann wird mir langweilig und ich gehe zur Tür raus. Die kann ich ja schon lange selbst öffnen, indem ich sie mit meiner Pfote nach innen ziehe. Dann gehe ich hinaus in den Flur und kurz darauf spüre ich, wie mein „Sitzender" die Tür von innen wieder zuschiebt.

Ich muss natürlich sofort nachsehen, weshalb er das macht und vor allem, WIE, denn aufgestanden ist er nicht extra deswegen. Also lehne ich mich gegen die Tür und mach sie wieder auf. Mit einem lauten „Rumms" donnert die gegen das Möbelstück, das ihr in die Quere kommt und meinen „Sitzenbleibenden" haut es fast doch noch von seinem Stuhl. Nun steht halt die Tür wieder offen, doch da mir persönlich, das vollkommen am breiten Rücken vorbeigeht, stört es in einem solchen Moment nur IHN!

Logische Schlussfolgerung: Er macht sie wieder zu. Und wieder ohne aufzustehen.

Wie ich beobachten konnte, nimmt er dazu irgendein ausziehbares Teil aus seiner Schublade und mit ein wenig Fingerspitzengefühl schafft er es, die Tür so anzustupsen, dass sie angelehnt ist. Das ist ein feines Spielchen – ich geh raus, er macht die Tür zu – ich gehe hinein – er macht zu – ich geh raus – er macht zu, und noch ehe er bis drei zählen kann, bin ich wieder drin. Also mir gefällt so etwas.

Mit der Zeit wird das aber doch ziemlich ermüdend und deshalb bleibe ich früher oder später doch lieber drinnen und versuche dann eben wieder zu ihm hinauf zu hopsen. Schließlich ist er ja ein so Lieber und hat zuvor so schön mit mir gespielt. Folglich hat er es verdient, dass ich ihn besuchen komme.

Er scheint das jedoch wieder anders zu sehen.
Ich meine, bilde ich es mir nur ein, oder wehrt ER mich wirklich hier und da mit der Zeitung ab, die er in den Händen hält? Ich sehe nach oben und sende eindeutige Signale, dass ich gerne raufkommen möchte und ER nimmt die Beine auseinander und hält mir die Zeitung vors Gesicht, damit ich den besten Landeplatz gar nicht erst ausmachen kann. Und weil ich ja nun auch nicht mehr der Jüngste bin, wäre es für mich besonders wichtig, zu wissen, wo ich mich mithilfe meiner Krallen hochziehen könnte. Das scheint er einfach nicht zu verstehen. Immer versucht er mich auf dem Boden zu halten. Doch ich lasse mich nicht unterkriegen. Ich warte in aller Ruhe ab, bis er sich wieder in seine Zeitung vertieft hat, dann schleiche ich mich von seinen Füßen aus an, und – allehopps (!) schon bin ich oben.

Jetzt gilt es nur noch, sich den Weg zum besten Fleck zu verschaffen, was vergleichbar mit einem Gang auf einer wackeligen Hängebrücke ist.
Ab und zu rutsche ich auch mal ein bisschen aus und eine meiner Pfoten verschwindet im luftleeren Raum in Richtung Fußboden, sodass ich mit dem Kopf gerade noch schräg an seinem Bein hängen bleibe.

Zugegeben – das schaut bestimmt wieder richtig blöd aus, wie ich da so in den Seiten hänge, aber runtergefallen bin ich noch nie!

Wenn ich es dann endlich bis zu seinem Schoß geschafft habe, rolle ich mich bei ihm in der Kuhle ein und mache es mir endlich so richtig gemütlich.

Hachjaseufz

Was ist das aber auch schön hier. So mollig und warm.
Was kümmert es mich, wenn ER immerzu
„Murmeltier-Phil" zu mir sagt?
Gar nicht!

HIER SETZE ICH MICH GERNE ZUR RUHE

Bisher erschienen

„Haben Sie den Herrn Hämpfel gesehen?"
Erzählungen eines immermüden
Nimmersatt
Band I
ISBN: 978-3-8370-3165-2

„Neues von Herrn Hämpfel"
Das Vorderhaustürtier plaudert
aus dem Nähkästchen
Band II
ISBN: 978-3-8370-3956-6

„Gschichtli und Gedichtli"
eine gärtnerisch-kulinarische Zeitreise

ISBN: 978-3-8391-7041-0

Demnächst ebenfalls im Buchhandel erhältlich:

„Pfeffererdbeeren" -

und andere, ziemlich wahre Kurzge-
schichten mit Pep

von Anna Dorb

Und dann sind da noch die beiden Bücher von Edwin Brod

in *Hädefelder*
(Marktheidenfelder) Mundart:

„Gedichte und Moritaten
aus Hädefeld"

ISBN: 978-3-8391-6663-5

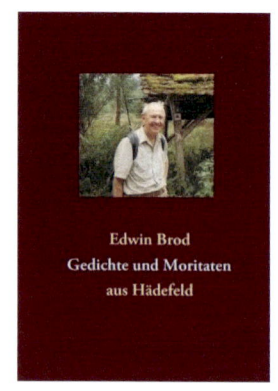

Edwin Brod
Gedichte und Moritaten
aus Hädefeld

und

„Die Bänkelsänger"
von Hädefeld

ISBN: 978-3-8391-8915-3

Zu guter Letzt noch der Hinweis zum

...♫ ♪ ♫ *„Hämpfellied* "...♫ ♪ ♫ "

Eine Co-Produktion
von Anna Dorb (Idee und Text)
Ulrike Mayer (Musik)
www.derbaermitderstimmgabel.de/
Valeria und Giuliano Ceraolo (Gesang/Chor)
Produktion: FP11-Studio Kranzberg
Ab sofort als Video auf youtube (siehe auch Buchumschlag)
Tschüss und A. D. - bis zum nächsten Mal
www.anna-dorb.de